오늘을 부탁해

오늘을 부탁해

서툰 나의 하루를 위한 아침 열기

초판 1쇄 발행	2016년 11월 16일

지은이	최성문
사진	김도태
편집	김영미
디자인	이파얼

펴낸곳	이상북스
펴낸이	송성호
출판등록	제313-2009-7호(2009년 1월 13일)
주소	03970 서울특별시 마포구 성미산로 5길 72-2, 2층.
전화번호	02-6082-2562
팩스	02-3144-2562
이메일	beditor@hanmail.net

ISBN 978-89-93690-42-2 (03810)

이 도서의 국립중앙도서관 출판예정도서목록(CIP)은 서지정보유통지원시스템 홈페이지
(http://seoji.nl.go.kr)와 국가자료공동목록시스템(http://www.nl.go.kr/kolisnet)에서
이용하실 수 있습니다.(CIP제어번호: CIP2016025611)

오늘을
부탁
해 최성문 지음

서툰 나의 하루를 위한 아침 열기

눈물이 많았던 날들이 있었다.
누가 나를 아프게 때린 것도 아니었는데 눈물이 났다.
어떻게 무엇을 하며 살아야 할지 몰라 두려웠다.
나에게 주어진 하루의 소중함을 모르고 시간을 낭비했다.

한동안 매일 아침 생방송 라디오 원고를 썼다.
촉각을 곤두세운 민감한 하루를 보내야 했다.
마음속으로 눈물을 흘리고 있을지 모르는 누군가에게
무엇보다 울보인 나에게 들려주고 싶은 글을 썼다.
이 책은 그 라디오방송 원고가 어느 정도 바탕이 되었다.

글을 쓰면서 아침이 중요하다는 걸 새삼 깨달았다.
어떤 마음으로 아침을 시작하느냐에 따라서
서툰 나의 하루도 누군가의 하루에
용기가 될 수 있다는 걸 알았다.
서툴지만 오늘도 길을 나서야 하는 우리가
서로 오늘을 부탁하며 사랑으로 기댈 수 있다는 것도 말이다.

마감이 글을 쓸 수 있게 하는 것처럼
사랑은 오늘 하루를 살아갈 기운을 주는 것 같다.
사랑은 저녁노을에서, 금이 간 벽 틈에 핀 풀꽃에서,
우연히 발견한 한 줄 문장에서도 느낄 수 있다.
내 존재가 하루를 소중하게 여기며 세상을 향해 열려 있다면
쉽게 눈치 채지 못하는 속 깊은 사랑을 느낄 수 있다.

모자란 글을 먼저 아껴 준 사랑에 고마움을 전한다.
홀로 아프게 품었던 글을 이제 세상으로 떠나보낸다.
책은 저자의 소유가 아닌 독자의 소유다.

두근두근 오늘 하루

서툴러도 괜찮아

덤덤하게, 한결같이

짐은 가볍고 삶은 무겁게

두근두근 오늘 하루

오늘은

오늘은 어제의 미래고
내일의 과거입니다.
오늘은 어제의 꿈이고
내일의 씨앗입니다.
오늘은 어제의 약속이고
내일의 기도입니다.
오늘을 사는 것은
어제의 약속을 지키는 것이며
내일을 약속하는 것입니다.
오늘에 최선을 다하는 것은
어제와 내일을 빛나게 하는 걸음입니다.

해는 하루에 한 번 뜨고 한 번 저뭅니다.
두 번 뜨고 두 번 지는 경우는 없습니다.
하루는 우리에게 한 번 주어집니다.
두 번 주어지지 않습니다.

하루가 한 번 주어지는 건
오늘 하루 걸어갈 수 있는 만큼만
살아가라는 뜻인지도 모르겠습니다.

너무 욕심내면 탈이 나고
너무 게으르면 낭비가 되니
더도 덜도 말고
매일 딱 하루만큼만 걸어가라고 말입니다.

해가 뜨고 저물 때
오늘 내 하루도 뜨고 저물 수 있도록
매일 그렇게 딱 하루만큼만.

아침에 일어나면
세상의 온갖 소식이 담긴 신문이 문 앞에 도착해 있습니다.
소식은 인터넷으로도 배달됩니다.
신문을 펼치거나 마우스로 클릭하면
세상의 이야기를 마음껏 읽을 수 있습니다.

인간은 세상이 어떻게 흘러가는지
사람들이 어떻게 살아가는지
늘 궁금한 존재입니다.
혹시 하루하루 온몸으로 쓰는
내 삶의 이야기도 궁금한지요.

어떻게 펼쳐질지 모르는 오늘 내 삶에
안녕이라고 말을 건네고
날마다 새로운 이야기를 써 내려가면 어떨까요.

또 하나의 거울, 타인

거울은 우리 외면을 비춰 주면서
겉모습을 잘 가꾸도록 도와줍니다.

우리에게는 내면을 볼 수 있는 거울도 필요합니다.
내면을 보여 주는 또 하나의 거울은 타인입니다.

타인은 내가 잘 모르는 나를 보게 해 주고
또 나는 타인의 모습을 보며 나를 반성하기도 합니다.

니 역시 누군가의 거울입니다.
누군가 나를 보며 자신을 돌아볼지 모르니까요.

내가 타인의 거울임을 상기하면
오늘을 허투루 보낼 수 없겠지요.

우리 서로 오늘을 부탁해요.

아침 일찍
버스나 지하철을 타면
말하는 사람이 거의 없습니다.
아주 조용합니다.
다들 눈은 떴지만
몸이 아직 깨어나지 않아서 그런 걸까요.
그래서 시선이 내 안에 머물러 있습니다.
아침은 한곳에 집중하기 좋은 시간입니다.

반면
낮이나 저녁에 대중교통을 이용하면
혼자 스마트폰을 보더라도 뭔가 분주한 느낌입니다.
아침에 느껴지는 고요함은 사라져 있습니다.

아침은
나의 시선이 밖이 아닌 내 안에 머물며
나를 들여다볼 수 있도록 해 줍니다.

아침은 나를 읽을 수 있는 시간입니다.

감정이 아닌 감각으로

아침에 세수를 하는데
비누향이 아닌 누군가의 체취가 맡아졌습니다.
그 순간 내가 사랑에 빠졌구나
깨달았습니다.
감정이 아닌 감각으로 사랑을 더듬었습니다.

누군가 말했습니다.
어떤 사람은 우리 삶 속으로 들어와 잠시 머물다 그냥 떠나지만
어떤 사람은 잠시 머무는 동안 우리 삶을
크게 변화시키는 아름다운 발자국을 남겨 놓고 떠난다고.

우리의 삶은 수많은 만남으로 이루어집니다.
그리고 누구를 만나느냐에 따라
우리의 삶은 다르게 흘러갑니다.

나와 상대를 변화시키는 아름다운 발자국이
서로의 가슴에 지문처럼 남는다면
우리 삶은 어떻게 달라질까요.

바라봄

별이 아름다운 이유는
별을 노래하는 이가 있기 때문입니다.

아이가 어여쁜 이유는
아이를 바라보는 이가 있기 때문입니다.

꽃이 아름다운 이유는
누군가 꽃의 이름을 불러주기 때문입니다.

바라본다는 건 사랑의 또 다른 표현입니다.
노래는 바라봄이 낳은 사랑의 열매입니다.

소중한 사람을 생각하며 노래를 불러 봅니다.
노래는 그를 위한 축복의 기도가 됩니다.

내일 똑같은 시간에 일어나
똑같은 공간에서 하루를 보낸다고 해도
어제와 오늘의 하루는 다릅니다.
매일 같은 거리를 오고 간다 해도
그 거리의 풍경은 어제와 다릅니다.
스며드는 햇빛과 피부로 느껴지는 기온과
공기의 흐름이 다릅니다.
그리고 무엇보다 내 자신이 어제와 다릅니다.
오늘 아침
몸의 모든 감각을 깨워
새로운 하루가 주는 신비함에 눈떠 보면 어떨까요.

뮤지컬 공연에서 스윙이라는 역할이 있습니다.
스윙을 맡은 배우는 작품에 나오는 중요 배역의
노래와 연기, 춤을 모두 익혀야 합니다.
스윙은 어떤 배우에게 문제가 생겨서
공연을 못하게 될 경우 그 역할을 대신합니다.

스윙은 여러 배역을 다 연기해야 하기에
매일 긴장하며 대기합니다.
공연 내내 무대 뒤에 서 있지만
언제 무대에 설지는 알 수 없습니다.

비록 무대에 서지 못하더라도
스윙은 아주 중요한 역할입니다.
스윙이 있기에
오늘 무대에 서는 배우들이 최선의 연기를 펼칠 수 있습니다.

스윙은 오늘을 준비하며 내일의 무대를 완성하는 사람입니다.

홀루 있을 때
성실하다면
홀로 있을 때
진실하다면
함께 있을 때
존재 그 자체로 빛납니다.

첫 마음, 그 진실

"역경을 견디는 방법은 처음의 마음을 잃지 않는 것이며,
처음의 마음을 잃지 않기 위해서는
수많은 처음을 꾸준히 만들어 내는 길밖에 없다고 할 것입니다.
수많은 처음이란 결국 끊임없는 성찰이 아닐 수 없습니다."

신영복 선생님의 책 《처음처럼》에 실린 글입니다.
변화무쌍한 세상 속에서 온갖 역경을 견디며
첫 마음을 붙잡게 하는 건 끊임없는 성찰입니다.

나는 누구인지,
어떻게 살아가야 할지,
이런 본질에 대한 끊임없는 성찰이
우리를 첫 마음 그 진실로 이끌 것입니다.

헬렌 켈러의 시 〈행복의 문〉에는 이런 구절이 있습니다.

"행복의 한쪽 문이 닫히면 다른 문이 열린다.
그러나 우리는 종종 닫힌 문을 멍하니 바라보다가
우리를 위해 열린 다른 문을 보지 못한다."

간절히 바라던 것이 잘 풀리지 않을 때가 있습니다.
그럴 땐 참 막막하고 자신이 가장 불행하다고 느껴집니다.

하지만 닫힌 문 앞에서 고개 숙이지 말고
더 멀리 세상을 바라보아야 합니다.
또 다른 문이 있다는 걸 보게 될 테니까요.
수많은 문이 열리고 닫히는 곳이 바로 세상입니다.

우리는 24시간 밝은 빛을 내는 인공조명에
길들여져 있습니다.
그래서 캄캄한 밤이 주는 공포와 두려움이
옛날보다 크지 않습니다.

빛을 낼 수 있는 조명이 가까이 있기에
매일 아침 밝아 오는 새 빛에
감사하고 감격하지 않습니다.

빛이 밤을 밀어 내고 온 세상을 밝히는 것,
그것은 우리가 매일 경험하는 새 창조입니다.

인공적인 빛은 편리함을 주지만
우리의 하루가 매일 창조되고
우리도 매일 새롭게 깨어난다는 걸
잊어버리게 합니다.

빛이 떠오르고
그 빛 아래 우리가 서 있다는 것,
매일 일어나는 창조의 감격입니다.

맑은 물 한 잔

특별하지 않은 맑은 물 한 잔 마시고 따라 주는네도
기쁠 수 있는 건 그대가 내 앞에 있기 때문입니다.

※ 박철의 〈그대에게 물 한 잔〉에서 영감 받음.

즉흥연주곡 하루

음악 공연에서 즉흥연주를 할 때가 있습니다.
미리 정한 약속이나 악보 없이
느낌과 상황에 따라 자유롭게 연주합니다.
연주자들은 서로 어떤 선율을 그릴지 모른 채
미지의 세계로 나아갑니다.
이럴 땐 상대방의 연주를 잘 들어야 합니다.
상대가 나서면 내가 배경이 되고
상대가 물러서면 내가 앞서야
멋진 연주가 되기 때문입니다.

삶이라는 무대도 즉흥연주라는 생각이 듭니다.
내가 배경이 되어야 할 때가 있고
내가 앞서야 할 때도 있습니다.
그 때를 알려면 상대에게 귀 기울여야 합니다.
상대와 잘 어우러진 오늘은
멋진 즉흥연주곡 '하루'가 될 것입니다.

좋아하는 것과 사랑하는 건 어떻게 다를까요.

좋아하는 건

내 곁에 있는 누군가로 즐거워지는 감정이고,

사랑하는 건

내 곁에 있는 누군가로 마음 아파 오는 감정이지요.

좋아하는 건

상대가 나를 먼저 챙겨 주기를 바라는 마음이고,

사랑하는 건

내가 상대를 먼저 안아 주고 싶은 마음이지요.

좋아하는 건
내가 행복하고 싶은 마음이지만,
사랑하는 건
상대가 행복하기를 바라는 마음이지요.
좋아하는 건
상대를 통해 내가 자라는 것이고,
사랑하는 건
상대를 위해 죽을 수도 있는 것입니다.
사랑은 좋아하는 것에서 시작하지만
좋아한다고 다 사랑하는 건 아니지요.

사랑, 참 어렵네요.

사랑한다면

다들 참 바쁩니다.
그래서 약속 잡기가 어렵습니다.
하지만 바쁜 건 핑계일지도 모릅니다.
비가 오고
폭풍이 치고
한 여름날 때 아닌 눈이 온다 해도
사랑한다면 길을 나섭니다.

빛이
세상으로
스며들 때
첫 말을 건네는
새의 울음은
아침을 공명시킵니다.
아침을 온몸으로 씁니다.

세상은 우리를 울게 하지만

자메이카의 음악가 밥 말리가 말했습니다.
"나의 노래는 울음에서 시작되었죠."

우리는 울음으로 태어나 울음으로 첫 말을 건넵니다.

세상은 우리를 울게 하지만
울음이 우리를 노래하게 합니다.

서툴러도 괜찮아

여행할 때는 가이드가 필요합니다.

가이드는 안전하게 낯선 곳으로 데려다주고

음식과 숙소, 쇼핑까지 안내해 줍니다.

여행지를 잘 모를 때는 가이드의 눈높이로 여행을 하게 됩니다.

가이드가 바른 지식과 깊은 성찰을 가진 이라면

많은 것을 배우게 됩니다.

하지만 가이드가 그릇된 지식과 편견을 가진 이라면

왜곡된 여행을 하게 됩니다.

바른 지식과 깊은 성찰을 가진
내 인생의 가이드.
그 사람이 그리운 오늘입니다.

책 앞부분에는 목차가 있습니다.

그것을 살펴보면 책의 내용을 어느 정도 짐작할 수 있습니다.

목차를 훑어보다가 관심 가는 부분이 있으면

그곳을 펼쳐 읽습니다.

읽다가 더 읽고 싶은 마음이 들면

그 책을 사게 됩니다.

책의 목차는 책 내용을 대략이라도 알려줍니다.

내 삶에도 목차가 있다면,

내 삶의 여정을 어떻게 말하고 있을지 문득 궁금해집니다.

누군가 내 삶의 목차를 보고

내 삶을 읽어 보고 싶은 마음이 들도록

진실하고 즐거운 이야기로 가득했으면 좋겠습니다.

몸살

뭔가 빨리 성취하려고 과욕을 부리면
몸살이 나기도 합니다.
고열이 너무 심하면
입맛이 써서 음식을 거의 못 먹습니다.

몸은 몸대로 힘이 빠지고
속은 속대로 비워지면서
의욕이 없는 단계를 넘어 마음이 저절로 비워집니다.

마음이 비워지면
내가 움켜쥐고 욕심을 부리던 게
뭐 그리 중요할까 싶은 생각이 들기도 합니다.
그리고 내 마음에 정말 채우고 싶은 게
떠오를 때가 있습니다.

몸이 약해지면
마음이 비워지면
내 삶에 가장 소중한 것이 보이는가 봅니다.

대부분의 물건에는 사용설명서가 있습니다.
난생 처음 보는 생소한 물건이라도
사용설명서를 꼼꼼히 읽어 보면
어떻게 사용하는지 알 수 있습니다.

그런데 사용설명서가 없는 게 있습니다.
우리의 인생입니다.
설명서도 정답도 없기에
삶의 굽이굽이가 다 어렵게 느껴집니다.
그래서 그럴까요.
이런 저런 방식으로 참 많이
삶을 노래하고, 삶을 논합니다.
하지만 이것들도 완벽한 설명서가 되지는 못합니다.

경험이 많아지고 지식과 지혜가 쌓여도
우리는 인생에 대한 완벽한 설명서를 가질 수 없습니다.
그러기에 늘 겸손한 마음과 배우는 자세로 살아가야 합니다.
삶의 고비마다 서로를 도울 수 있는
동반자가 되기를 기도하면서 말입니다.

행복의 레시피

지그문트 바우만은 행복을 이렇게 말했습니다.

"행복이란 문제로부터 자유로움을 뜻하는 것이 아니에요.
행복은 문제를 극복해 나가는 것에서 얻을 수 있다는 겁니다.
문제 없는 인생은 행복의 레시피가 아니며
그것은 지루함의 레시피입니다."

당장은 고통스럽겠지만
문제를 극복해 가는 과정을 거치면
지루한 맛의 레시피가 아닌
행복한 맛이 담긴 레시피를 손에 쥐고
삶을 요리할 수 있을 것입니다.

＊ 안희경의 《문명, 그 길을 묻다》에서.

어떤 일을 할 때
힘을 좀 빼야 한다는 말을 듣기도 합니다.
힘이 잔뜩 들어간 상태는
대부분 욕심이 과하게 들어가 있습니다.

내 안에 나로 가득 차 있으면
아주 주관적인 상태가 되어
상대방과 주변 상황을 제대로 볼 수 없습니다.
게다가 욕심이 과하면 좋은 사람을 잃어버릴 수도 있습니다.
가장 안타까운 일이기도 합니다.

힘을 빼는 건
마음속에 여백을 두는 과정입니다.
욕심을 버리고
내 안에 가득 찬 나를 덜어 내고
침묵으로 내 언어를 내려놓는다면
누구나 내 안에 들어와 쉴 수 있는
나무 의자 하나 생겨날 것입니다.

높이 솟은 빌딩,
화려하게 장식된 상점,
세련된 옷차림을 한 사람들,
그 사이를 걸으며 자신이 초라하게 느껴질 때가 있습니다.
누군가는 무언가를 쉽게 이룬 것 같고
인생의 과제도 잘 수행한 듯 보이기도 합니다.

왜 나만 자꾸 뒤처지는지,
왜 나는 늘 들고 가야 할 짐이 많은지,
왜 이리도 삶은 풀기 어려운 숙제 같은지,
답 없는 질문이 마음을 무너뜨릴 때가 있습니다.
세상이 나에게 씌어 준 비교와 경쟁이라는 안경이
내 마음을 흔들기 때문입니다.

세상이 내 얼굴을 지우고 나를 짓누르려 할 때마다
용기가 필요합니다.
세상에 파묻혀 생기를 잃지 않도록
새로운 세상을 그림 그리는 용기가 필요합니다.

서로의 밑바닥에서

누군가와 잘 지내는 것은 중요합니다.
그런데 잘 지내는 것 못지않게 잘 싸우는 것도 중요합니다.
어쩌면 잘 지내는 것보다 잘 싸우는 게 더 중요할지 모릅니다.

누군가와 싸워 본 적 없이 잘 지냈다는 건
화장하지 않은 서로의 맨얼굴을
보여 주지 않은 것이라고 할 수 있습니다.
싸우는 건 서로의 밑바닥을 보여 주는 일입니다.

그리고 잘 싸운다는 건
서로의 밑바닥에서 변화의 지점으로 도약할 수 있는
디딤대를 놓는 것입니다.
밑바닥에 놓인 디딤대를 딛고
새로운 관계의 길을 터 가는 것입니다.

서로의 밑바닥을 두려워하지 않아야
깊은 관계로 도약할 수 있습니다.

좋아하는 사람이 있으면
가까이 다가가고 싶습니다.

하지만 가까우면 가까울수록
상처를 주는 말과 행동을 더 많이 하게 됩니다.
가까운 만큼 서로 더 배려하지 못하기도 하고,
혼자 숨 쉬고 싶은 공간을
마음대로 침범하기 때문이기도 합니다.

너무 먼 사이는 친밀하기 어렵고,
너무 가까운 사이는 상처받기 쉽습니다.

사람과 사람 사이가
친밀하면서도 상처를 덜 주고받을 수 있는
적당한 거리는 어느 정도일까요.

그런데 그런 적당한 거리가 있긴 있는 걸까요?

식구

식구는 밥을 먹는다는 의미입니다.
함께 밥을 먹는 공동체가 바로 식구입니다.
식구는 같이 밥을 먹으면서 서로의 몸이 닮아 갑니다.

같이 노래를 듣거나
같이 책을 읽거나
같이 여행을 가거나
같이 이야기를 나누는 것은
영혼에 밥을 주는 것과 같아서, 그 또한 식구가 됩니다.

식구는 서로의 마음과 생각이 닮아 갑니다.

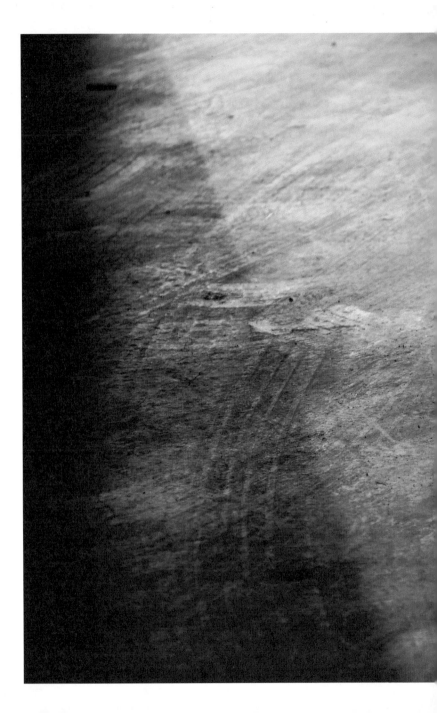

말을 잘 들어 주는 것은
상대에게 큰 위로를 줍니다.
마음은 늘 상처받기 쉬워서
속마음을 꺼내는 게 쉽지 않습니다.

상대가 힘들게 고민을 털어놓았을 때
섣부른 조언보다는
말없이 잘 들어 주는 것이 가장 좋은 조언이기도 합니다.
스스로 고민을 말하다가 길을 찾을 수도 있기 때문입니다.

말을 아끼고 끝까지 들어 주는 것,
좋은 위로와 조언자가 되는 길입니다.

반사가 아닌 흡수

나무 한 그루 없는
높은 빌딩 사이로 불어오는 바람을
온몸으로 맞으며 걸어가다 보면
황량하고 거친 사막을
아무도 손잡아 주는 이 없이
홀로 걸어가는 느낌이 듭니다.

시멘트로 높이 쌓아 올린 벽들이
바람을 흡수하기보다 반사하기에 그런 걸까요.

소용히 숨 쉬는 나무가
거센 것을 흡수해 주고 인간을 보호해 준다는 걸 모르고
도시는 너무나 쉽게 나무를 제거합니다.

만약에 우리가
누군가의 거친 숨과 울음을
시멘트벽처럼 반사하는 게 아니라
나무처럼 온몸으로 흡수해 준다면,
높이 솟은 빌딩 사이로
조금 덜 춥고 덜 외롭게 걸어갈 수 있을지도 모릅니다.

의외라는 일상

늘 가던 길이 있습니다.
눈을 감고도 목적지까지 찾아갈 수 있는 익숙한 길입니다.
집에서 버스 정류장까지 가는 길,
아이를 맡기러 어린이집까지 걸어가는 길,
동네 근처 가게로 가는 길도 익숙한 길입니다.

하지만 어떤 날에는
비에 젖은 낙엽에 미끄러질 수 있고
발을 삐끗할 수도 있습니다.
자신만만하게 걸어가던 익숙한 길에서
예상치 못한 상황과 만날 때가 있습니다.

삶이라는 길은
철저히 계획하고 예상하더라도
의외의 길로 들어설 수 있습니다.
삶에서 만난 의외의 길은 낯설고 두려울 수 있지만,
그 또한 우리 일상의 일부입니다.

외국의 한 행위예술가가
생판 모르는 이에게 무조건적인 사랑을 준다는 아이디어로
퍼포먼스를 했습니다.

두 개의 의자를 마주보도록 놓아둔 뒤
한곳에는 자신이 앉고
다른 한곳에는 원하는 사람이 앉아
서로 말없이 바라보는 퍼포먼스였습니다.

매일 7천여 명이 줄을 서서 기다렸고
의자에 앉았던 어떤 사람들은 눈물을 흘리다 돌아갔습니다.

의자에 앉은 사람들은
묻어 두었던 자신의 삶의 무게와 아픔을 내려놓고,
예술가는 침묵 속에서 상대방의 감정에 깊이 공감하며 껴안은
결과였습니다.

진심이 담긴 마음이라면
눈빛만으로도 큰 위로가 될 수 있습니다.

밥이 몸을 살린다면
사랑은 영혼을 살립니다.
사람들이 꿈꾸는 사랑은
내 모습 그대로 받아주는
온전한 사랑입니다.

누구나 온전한 사랑을 꿈꾸지만,
사랑으로 마음 아플 일이 더 많습니다.
인간의 사랑은 연약하기 때문입니다.

그러기에 사랑은 언제나 용서가 필요합니다.

용서는 내가 준 것만큼 충분한 사랑을 돌려받지 못해도

괜찮은 마음입니다.

용서는 사랑의 다른 언어입니다.

타인의 소유물을 훔치는 건 나쁜 행위입니다.
그러나 열심히 훔쳐 내 것으로 만들어야 하는 것도 있습니다.

좋은 글을 쓰고 싶으면 좋은 글을 많이 읽어야 하고,
따스한 마음을 닮고 싶으면 따스한 사람 곁에 머물며
그의 말과 행동을 따라해야 합니다.
누군가의 삶의 철학이 좋다면
그의 철학을 가슴에 새기고 익혀 내 것으로 만들어야 합니다.

주변에 훔치고 싶은 것과 닮고 싶은 사람이 많은 삶은
축복받은 삶입니다.

사랑할수록

공부를 많이 하면 할수록
책을 많이 읽으면 읽을수록
오히려 아는 것이 부족하다고 느낍니다.
알면 알수록 모르는 게 더 많다는 것을 깨닫습니다.

공부를 하는 사람이 더 공부하고
책을 읽는 사람이 더 많은 책을 읽습니다.

이처럼
사랑도 사랑할수록
주고 싶은 사랑이 더 많다는 걸 알게 됩니다.

배우면 배울수록
사랑하면 사랑할수록
그 전에는 몰랐던 넓이와 깊이를
알게 되는 것 같습니다.

사랑도 어렵지만,
용서도 어렵습니다.

대부분의 사람들은
나에게 잘못한 이에게 마음을 푸는 걸
용서라고 생각합니다.

작가면서 신부였던 헨리 나우웬은
용서를 다른 관점에서 이야기합니다.

"용서란 내 모든 필요와 욕구를
상대방이 다 채워 주지 않더라도
지속적으로 받아주는 자세를 말한다.
나도 다른 사람들의 필요를 전부 채워 주지
못하는 것에 용서를 구해야 한다.
우리가 서로 하나님이 아닌 것을 용서해야 한다."

인간은
자신의 필요와 욕구를 채워 주는
완벽한 사랑을 원하지만
그 누구도 다 채워 줄 수 없습니다.

원하는 걸 다 주지 못하는 상대를 용서하고,
나 또한 상대에게 다 주지 못하는 것에 용서를 구하는 모습이
온전한 사랑으로 가는 과정일 것입니다.

삶으로 말하고 삶으로 노래하리

우리는 종종
좋은 노래를 들으며 그 노래를 부른 사람을 상상합니다.
좋은 글을 만나면 또 그 글을 쓴 사람을 그려 봅니다.
그리고 가수의 모습이, 그 작가의 삶이
그 노래나 글과 같지 않으면 실망합니다.

인격과 실력이 동일하지 않을 수 있는데,
우리는 동일하기를 원합니다.
온전함에 대한 동경 때문입니다.

삶으로 말하고,

삶으로 노래하고,

삶으로 쓰는 인생이 되면 참 좋겠습니다.

자유롭게, 남다르게!

내 안에 내가

내 안에 내가 많아야
소란하더라도
노래할 수 있습니다.

달 항아리

달 항아리 하나 있으면 좋겠습니다,
그 안에 물 담아 달 하나 머물도록
손으로 휘저어도 다시 달이 될
내 마음 달 닮도록 곁에 둘
달 항아리 하나 있으면 좋겠습니다.

판소리는 한 명의 소리꾼과 북을 치는 고수,
이렇게 두 사람이 음악적으로 이야기를 풀어 가는 장르입니다.
그런데 판소리에서 중요한 게 하나 더 있습니다.
바로 추임새입니다.

추임새는 끌어올리다, 칭찬하다, 라는 뜻입니다.
소리꾼이 소리를 할 때 고수와 청중이
얼씨구, 잘한다, 좋다, 예쁘다… 이런 말들을
적절한 순간에 넣어 주어야 합니다.

판소리는 무대와 객석이 호응하며 분위기를 만들어 가는
열린 예술이기에
추임새가 소리판에서 아주 중요합니다.

우리의 인생 여정에도 추임새가 필요합니다.
누군가 나에게 진심으로
얼씨구, 잘한다, 좋다, 예쁘다, 하고 추임새를 넣어 준다면
외로운 인생길을 좀 더 흥겹게 걸어갈 수 있을 것입니다.

연극은 정해진 대본을 가지고
배우가 무대에서 연기를 펼치는 예술 장르입니다.
연극은 흔히 배우예술이라고도 합니다.
배우가 누구냐에 따라 연극의 느낌과 맛이
전혀 달라지기 때문입니다.
배우마다 감정과 호흡 그리고 행동하는 양식이 다르기에
배우에 따라 연극의 감동이 달라집니다.

우리 삶은 연극과 닮았습니다.
똑같은 일을 하더라도
누구와 함께 하느냐에 따라 일의 리듬과 능률이 달라집니다.

늘 함께 있고 싶은 사람이 되어 흥과 감동을 줄 수 있다면
누구나 삶의 예술가일 것입니다.

바람은
꿈꾸게 하는 희망입니다.
꿈꾸고 바라보아야
걸어갈 수 있으니까요.

바람은
봄을 실어 나르는 희망입니다.
봄바람이 꽃씨를 물고
멀리 날아가 꽃을 피우니까요.

바람은
신명 나게 하는 희망입니다.
우리의 몸과 마음을 흥겹게 해 주어
걸음마다 노래를 달아 주니까요.

살다 보면 끝까지 못 갈 때가 많습니다.
미리 계산하고, 포기하고, 돌아섭니다.
실패에 대한 두려움 때문입니다.

안락한 삶에 속지 않고
절망의 끝에 있을지라도 계속 걷다 보면
나와 너 그리고 세상을 노래하는 시인을 만날 수 있습니다.

시인은 볼 수 없는 걸 보는 사람,
노래할 수 없는 걸 노래하는 사람입니다.
끝까지 가다 보면 기쁨과 절망을 아는
시인이 된 나를 만날 수 있습니다.

※ 밀란 쿤데라의 시 〈시인이 된다는 것은〉에서 영감 받음.

사람은 가까이 있는 사람을 닮습니다
따뜻한 성품을 가진 친구와 있으면
그의 따뜻한 성품을 닮습니다.
지혜가 있는 친구와 있으면
그의 지혜를 닮습니다.
세련된 감각을 가진 친구와 있으면
그의 세련된 감각을 닮습니다.

삶은 낯선 곳을 여행하는 것과 같아서
여행 가이드가 필요합니다.
가이드는 사람일 수도 있지만 책이나 자연일 수도 있습니다.
흙도, 돌도, 낡아 버린 의자도…
우리 주변의 모든 것이 여행 가이드가 될 수 있습니다.
그것을 읽으려고 펼치기만 한다면 말입니다.

누구나 아름답기를 원합니다.
아름답게 늙어 가고 싶어 합니다.
그렇다면 아름다움의 기준은 무엇일까요?

외국의 한 모델은 백반증으로 어린 시절부터 왕따를 당하고
얼룩말이라는 놀림을 당했지만
당당히 런웨이를 걷는 톱모델이 되었습니다.
그녀는 자신이 하얀 피부와 검은 피부를 모두 가졌다며
남들이 비웃는 결점을 자랑합니다.

진정한 아름다움은
세상의 편견을 깨고 당당하게 살아가는 것입니다.

아마추어는 비전문가라는 뜻이지만 원래 의미는
'사랑하는 자'라고 합니다.

어떤 일을 할 때
이익을 우선으로 생각하기보다
그 일을 사랑하며 자유롭게 즐기는 사람,
그 사람을 아마추어라고 할 수 있습니다.

아마추어이라는 말에는
일에 능숙한 프로가 잃어버릴 수 있는
'순수한 열정'이 담겨 있습니다.

열정만큼은 언제나 순수한 아마추어이기를!

글을 쓰다 보면
문장부호에 민감해질 때가 있습니다.
느낌표나 물음표 마침표와 달리 쉼표는
문장 중간에 쓰는 거라 신경이 쓰입니다.

문법에 맞춰 쓸 수도 있지만
쉼표는 사람의 호흡과 같아 고민이 됩니다.
어디쯤에 쉼표를 찍어야
글을 읽는 사람이 잠시 숨을 돌리고
문맥에 숨겨진 의미를 더 깊이 생각할까 고심합니다.

문장부호 쉼표는 우리 삶의 여정과 닮았습니다.
여전히 걸어가야 할 길에서
지친 몸을 잠시 쉬라고 의자를 내어주는 것 같습니다.

빈 의자 같은 쉼표…
문장 속 어디에 찍어야 할지
우리 삶 어디에 찍어야 할지
늘 고민합니다.

낡은 것의 깊이

내 자신이 자꾸 낡아지는 것 같아 외로워질 때가 있습니다.
젊음도 지고
빛나고 싶었던 꿈도 지워지고
내 이름을 제대로 불러주는 사람도 없이
하루하루 소소한 일상에 파묻혀 살아가다 보면
내가 낡아졌구나, 내가 쓸모없구나, 하는 생각이 듭니다.

하지만 낡은 것에서 볼 수 있는 소중한 것이 있습니다.
바로 깊이입니다.
세월은 젊음과 이름을 서서히 지워 가지만
낡은 것에서 피어나는 인생의 깊이는
우리의 머리 위에서 샛별처럼 반짝거릴 것입니다.

무얼 해도 느린 이가 있습니다.
말을 꺼내려다가 도로 주워 담기도 하고,
행동을 할 때도 잠시 멈춰 머뭇거립니다.
게으른 건 아닌데
자꾸 때를 놓치는 것 같아 안타까워 보이기도 합니다.

하지만 그런 이를 찬찬히 살펴보면,
무엇이든
먼저 마음을 담기 때문에
시간이 오래 걸린다는 걸 알 수 있습니다.
저마다 자기만의 길을 가는데,
마음으로 길을 가는 사람이 있습니다.
마음 씀씀이가 예민하기에 쉽게 말하거나 행동하지 못합니다.

마음은 마음이 알아준다는 걸 알기에
남들이 수선을 떨어도
오해를 받거나 당장 알아주는 이가 없어도
서둘러 걸어가지 않습니다.
돌아가더라도 마음 길로 갑니다.

생각지도 못했던 사진을 받아 본 적 있나요.
사진 속 인물은 분명 나인데
평소 내가 알지 못했던 낯선 얼굴이라면 어떤 기분이 들까요.

사진에 담긴 그 얼굴은
주변 사람을 웃게 하는 얼굴인가요.
누군가를 근심하게 하는 우울한 모습인가요.
아니면
가시 돋친 뾰족한 표정인가요.

나는 내 얼굴을 볼 수 없지만
상대는 언제나 내 얼굴을 봅니다.
나는 잘 볼 수 없는 내 얼굴, 나…
어떤 모습일지, 어떤 모습이길 바라는지
가만히 거울 속을 들여다봅니다.

나 혼자라도

나 혼자 열심을 낸다고 세상이 바뀔까
회의감이 들 때가 있습니다.
하지만 나 혼자라도 꽃 피어야
누군가도 꽃 필 수 있습니다.
핀다는 걸 봐야 필 수 있습니다.

※ 조동화의 시 〈나 하나 꽃 피어〉에서 영감 받음.

바람에 몸을 맡긴다면

알바트로스는 가장 오래 가장 멀리 나는
바다새입니다.
알바트로스는 부화하고 3개월이 지나면 바로
비행연습을 시작합니다.
길고 좁은 날개를 가졌지만
한번 날아오르면 5천 킬로미터를 쉬지 않고 날 수 있습니다.
50일 동안 지구 한 바퀴를 돈다고도 합니다.

알바트로스가 멀리 나는 비밀은
바람입니다.
알바트로스는 바람에 몸을 맡기면
더 오래 더 멀리 날 수 있다는 걸 아는 것 같습니다.

내 삶의 비행을 도와주는 바람은 무엇일까요,
나를 품고 밀어 주는 바람을 알고
그 바람에 몸을 맡기는 연습을 매일 한다면
더 오래 더 멀리 갈 수 있을 텐데…
나를 품고 밀어 주는 바람이 무엇일까 생각해 봅니다.

화가 렘브란트는 젊은 날부터 노년에 이르기까지
자신의 내면을 그대로 투영시킨 80여 점이 넘는
자화상을 그렸습니다.
젊은 날은 부유하고 자신만만한 모습을,
늙어서는 초라한 모습 그대로를 그렸습니다.
렘브란트의 말년은 비참했습니다.
부인과 자식을 잃었고 엄청난 빚더미에 시달렸으니까요.
그런데 죽기 몇 년 전 62세에 그린 그의 자화상은
참으로 인상적입니다.
손을 대면 그대로 부서져 버릴 것 같은
늙고 초라한 얼굴인데
웃고 있기 때문입니다.
그림 제목도 〈웃는 자화상〉입니다.
그가 비참한 현실에 굴복하지 않고
시들지 않은 내면을 소유하고 있었다는 걸
눈과 입가에 번진 웃음으로 알 수 있습니다.

오늘 내 사화상을 그린다면 나는 어떤 얼굴일까요.

사람의 생김새는 그냥 주어집니다.
하지만 마음은 그냥 주어지지 않습니다.
무엇을 보고, 느끼고, 배우고, 행동하느냐에 따라
저마다 다른 마음의 결을 가지게 됩니다.
마음의 결은 노력으로 피우는 꽃입니다.

나이가 들면 시력에 문제가 생깁니다.
가깝거나 먼 곳에 있는 사물이
정확하지 않고 흐릿하게 보입니다.
그래서 어떤 이들은 안경 하나에 두 가지 초점을 둔
다초점 안경을 맞추기도 합니다.

가까운 곳과 먼 곳을 바라볼 때마다
계속 시력을 조정해야 하는 게 불편할지도 모릅니다.
하지만 우리가 세상이나 사람을 바라보고 대하는 방식이
이래야 하는 건 아닐지 생각합니다.

다초점 안경을 쓰고
다양한 시각으로 바라보아야
편견 없이 보게 되지 않을까요.

수평적인 사람이 있고
수직적인 사람이 있습니다.
긍정적인 측면에서
수평적인 사람은 동등하게 바라보고
수직적인 사람은 질서를 세웁니다.
수평과 수직이 씨줄과 날줄로 엮이면
존중이라는 이름이 달립니다.

영혼을 기다리는 인디언

인디언은 말을 타고 먼 길을 달릴 때
단번에 가지 않는다고 합니다.
달리다가 가끔씩 말을 멈추고 지나온 길을 뒤돌아봅니다.
너무 빨리 달려서 자신의 영혼이
미처 따라오지 못하는 건 아닐까 하는 우려 때문입니다.

영혼을 기다리는 인디언을 생각하며…
우리는 너무 분주해서
정말 소중한 걸 잊어버리고 사는 건 아닌지,
그 무엇보다
내 영혼을 내버려두고 정신없이 질주하는 건 아닌지,
뒤돌아봅니다.

깊고 맑은 떨림, 울림, 끌림

날이 저뭅니다.

어둠은 머무르게 합니다.
돌아와야 할 것들을 기다리게 합니다.

기다림이 깊어져 그리움이 될 때
언어는 영급니다.
어둠을 먹고 자라는 것들은 슬픔을 압니다.
슬픔을 아는 언어는 우리를 머물게 합니다.
우리를 영글게 합니다.

밤을 견딘 노래는
그림자의 얼굴을 압니다.
앓이로 뜨거워진 단어는
시간을 초월한 감정이 됩니다.
절벽에서 흔드는 손짓은
날아오름의 연서가 됩니다.
슬픔에 이를 들이대며 물러서지 않는다면
나는 노래가 됩니다.

제 운명을 안다는 건 그 자체로 상처입니다,

누군가를 먹이며 사느라 생긴 상처에는
눈물이 스며 있습니다.
힘겹게 품고 베풀며 산 흔적에는
고생의 나이테가 새겨집니다.

남을 위한 상처는

별처럼 아름답다고 말해 주는 누군가가 있어

위로가 되는 하루입니다.

속 깊은 애정

관계가 깨질지도 모르는 위험을 안고
상대의 허물을 이야기해 주는 건
용기로 다가가는 속 깊은 애정입니다.

진심으로 말하고,
진심으로 사랑하고,
진심으로 자신의 내면을 드러냅니다.
그럴수록 상처를 더 많이 받을 수 있습니다.
누군가는 바보라고 손가락질할 수도 있습니다.

우리는 진정성이 그리 달갑지 않은 시대에
살고 있으니까요.

적당히 말하고, 적당히 사랑하고, 적당히 드러내야
상처를 덜 받을 수 있을지 모릅니다.

그러나
진정성이 담긴 시간이 흘러
상처가 흔적이 될 때,
누군가의 마음을 맑게 해 주는
작은 울림 하나 되어 있지 않을까요.

여행은
낯선 땅
낯선 사람
낯선 풍경과 만납니다.

일상이 여행이라면
오래 사용한 낡은 책상 앞에서
매일 걷는 가로수 길에서
출근하는 똑같은 버스 안에서
낯선 감각과 마주합니다.

여행은
익숙한 것을 새롭게 보게 하는
떨림입니다.

만약에 내가
네 입술에서 지워지지 않는 이름이라면
네가 부르는 휘파람으로 멀리 날아갈 수 있다면

만약에 네가
내 가슴을 설레게 하는 떨림이라면
내 코끝을 물들게 하는 눈물이라면

만약에 우리가
서로의 그림자를 밟지 않으려 걸음을 아낀다면
서로의 뺨을 맞대고 흔들리지 않으려 한다면

아침이 지고 밤이 올 때
서로의 사랑으로 만들어 낸 별 하나 하늘에 띄워
누군가의 길을 인도할 수 있으리.

사람과 자연 모두에게 이로운 것 중 하나가 물입니다.

물은
본질을 잃지 않으며
상대와 다투지도 않으며
담기는 그릇에 따라 형태가 달라집니다.

물은
색이 가진 빛깔을 바꾸지 않으며 농도를 조절해 줍니다.

물은
높은 곳에서 낮은 곳으로 흐릅니다.

물 같은 사람은
제 모습을 잃지 않으면서 더불어 살아갈 줄 아는
겸손한 사람입니다.

3센티미터

무심코 걸어가던 거리나 장소를 자세히 살펴보면
여기저기에 턱이 많다는 걸 알 수 있습니다.
그런데 턱 높이가 3센티미터만 되어도
휠체어를 탄 장애인들은 그 턱을 넘어가기 어렵습니다.

누군가에게는 별 것 아닌 3센티미터 높이가
누군가에게는 건너갈 수 없는 높은 벽이기도 합니다.
혹 내 마음에도 3센티미터의 턱이 있어
누군가 넘어오기 힘든
벽을 세우고 있는 건 아닌지 생각해 봅니다.

누군가 말했습니다.
겸손은 자신의 약점에 솔직해지는 것이라고.

상대와 더 깊은 관계를 맺으려면 가까이 다가가야 하는데
그때 자신의 단점이 금세 드러납니다.
그런데 가까이 있는 사람에게 단점을 자꾸 감추려 한다면
친밀해지지도 신뢰가 쌓이지도 않습니다.
자신의 약점을 정직하게 드러내는 겸손은
약점을 친밀함으로 이끌어줍니다.

우리에게 늘 필요한 건
겸손한 언어, 겸손한 일상입니다.

인간은 질문하는 존재입니다.
질문은 본질을 찾아가는 지도입니다.

빛과 소금

빛과 소금은 서로 먼 곳에 존재합니다.
빛은 땅 위 높은 하늘에 있고
소금은 땅 아래 바닷물 속에 있습니다.
가장 높은 곳과 가장 낮은 곳에
빛과 소금이 있습니다.

빛과 소금은 성질이 다르지만 닮았습니다.
사람의 손이 쉽게 닿지 않는 곳에 존재하며
사람에게 유익을 줍니다.

가장 낮은 곳에 있는 것이 가장 높은 곳에 있는 거라고,
가장 높은 곳에 있으려면 가장 낮은 곳에 머물러야 한다고
말해 주는 것 같습니다.

※ 이문재의 시 〈혼자만의 아침〉에서 영감 받음.

글을 읽다가 문득 문장부호를
유심히 들여다본 적이 있는지요.
우리가 쓰는 단어의 수에 비하면
문장부호는 몇 개 되지 않습니다.
크게 보면 쉼표, 따옴표, 말줄임표,
물음표, 느낌표, 마침표 등이 있습니다.

문장부호는 우리에게
이렇게 묻고 있는지도 모르겠습니다.

질문해야 하는지,
생각해야 하는지,
숨을 쉬어야 하는지,
아니면 끝내야 하는지….

좋은 질문

좋은 질문은
좋은 성찰을 낳습니다.

똑같은 글을 읽고 똑같은 말을 들어도
창의적으로 반응하는 이들이 있습니다.
매일 같은 일을 하고 똑같은 사람을 만나도
새롭게 대하는 이들이 있습니다.
그건 아마도 마음속에 있는 열정 때문이 아닐까 싶습니다.
열정은 사람을 움직이게 하는 에너지입니다.
열정을 다른 말로 표현하면 사랑하는 마음입니다.
생각해 보면
많은 것들이 다 사랑으로 통합니다,

지면서도 그립고
지면서도 고백하고
지면서도 행복하다면
지는 건 지는 게 아니라 사랑인가 봅니다.

사막에는 간혹
모성애가 없는 이기적인 낙타가 있다고 합니다.
척박한 환경이 어미의 마음을 메마르게 하는지
새끼 낙타를 돌보지 않아 죽게 한다고 합니다.

오래전 몽골 사람들은
매정한 어미 낙타를 다스리는 비법을
하나 가지고 있었습니다.
낙타를 위해 음악회를 여는 것입니다.
악사가 마두금이란 현악기를 연주하고
마을에서 가장 연장자이면서 자식과 손자를 많이 키운 할머니가
낙타 앞에서 노래를 부릅니다.

낙타는 자장가처럼 다정하면서도 가슴을 울리는
구슬픈 사랑 노래를 듣다가 눈물을 흘립니다.
눈물을 흘린 낙타는 모성애를 되찾고
새끼에게 젖을 물립니다.

사막의 척박한 땅에서 자라
돌처럼 굳어 버린 낙타의 마음을
사랑으로 다시 흐르게 하는 노래.

노래는 생명을 살리는 영혼의 입김입니다.

심심 담백

어떤 이들은 심심한 걸 잘 견디지 못합니다.
심심한 건 지루하고 재미가 없다며
활동과잉으로 지내기도 합니다.

하지만 심심함이 주는 유익이 있습니다.
생각으로 가득 찬 머릿속을 비우고
활동으로 분주한 외부 시간을 차단하면
자신과 깊게 대화할 수 있습니다.

심심하면
분주한 삶의 소금기가 빠져나가면서
마음과 생각이 담백해집니다.

머물러 쉴 수 있는 나무

숲이 사라진 도시를 방황하던 새가
깃들 수 있는 곳은 길가에 심겨진 나무입니다.

시끄러운 자동차 소리에 잠을 이루지 못할지라도
하나씩 입으로 물어 온 나뭇가지로
가로수 꼭대기에 집 한 채 지을 수 있다면
그나마 다행입니다.
깃들 수 있는 나무를 찾지 못해
전기가 흐르는 전봇대에 집을 짓고
위태롭게 살아가는 새도 있으니까요.

우리가 누군가 기댈 수 있는 나무라면,
마음의 집을 잃어버린 이들이 머물러 쉴 수 있는 나무라면,
도시도 사람도 다시 숨 쉴 수 있을 것입니다.

덤덤하게, 한결같이

봄은 꽃의 계절입니다.

겨울을 품은 이른 봄날
일찍 피었던 꽃이 지고 나면,
겨울을 말끔히 지워 낸 봄날에
또 다른 꽃이 피어납니다.

이 땅에 그 어떤 미련도 없다는 듯
하루 만에 꽃이 지기도 하지만
하루 만에 제 빛깔을 뽐내며
세상에 얼굴을 내미는 꽃도 있습니다.

지는 것이 있어야 피는 것이 있고,
떠나는 자리가 있어야 채워지는 자리가 있다고,
꽃은 소리 없이 말해 줍니다.

살다 보면
흔히 저지르는 두 가지 실수가 있다고
누군가 말했습니다.

첫째는 아예 시작하지 않는 것이고,
둘째는 끝까지 하지 않는 것입니다.

생각과 마음은 있지만
두려움이 발목을 잡아 시작하지 않을 수도 있고,
뒷심이 부족하거나 막상 시작해 보니 마음이 흔들려서
중간에 포기해 버리는 경우도 있습니다.

하지만 소원하는 마음이 자꾸 커진다면
일단 시작해 보는 용기가 필요합니다.

시작했다면
결과에 상관없이 과정을 즐기며
마침표를 찍어 보아도 좋을 것 같습니다.
시작도 끝도 모두 과정이라 생각하며 말입니다.

우리는 이 순간의 의미를 잘 모른 채
시간을 흘려버릴 때가 있습니다.

우리가 지금 서 있는 자리가
삶에서 가장 중요한 순간이라는 걸 안다면
누구나 최선을 다하려고 노력할 것입니다.
비록 고통과 슬픔의 시간일지라도 말입니다.

하지만 어리석게도 우리는
늘 지금 이 순간의 의미를 깨닫지 못하고 시간을 잃어버립니다.

우리는 지금 마주한 이 순간의 의미를
애써 발견하며 살아가야 합니다.
시간이 지나 돌아보면
최선을 다한 시간의 흔적은
내 삶에 좋은 밑거름이 되어 있을 테니까요.

진짜 실력은 진실한 삶입니다.

시끄럽고 매연 가득한 도로변에는
구두를 고치는 가게가 드문드문 있습니다.
일어서서 허리를 쭉 펴기도 어려운 낮고 좁은 공간에서
구둣가게 아저씨들은 냄새나고 망가진 신발을 고칩니다.

한곳에서 30년 넘게 구두를 고쳤다는 한 아저씨는
단돈 몇천 원에 구두를 고쳐 주면서도 정성을 다합니다.
구두에 구두약을 바를 때마다 수건이나 솔이 아닌 손으로
구석구석을 바릅니다.
손끝의 지문이 사라지는 것도 상관하지 않고 손으로 문지릅니다.
손으로 직접 해야 구두약이 골고루 발라지고 잘 스며들어
구두가 오래간다는 신념 때문입니다.

자기가 있는 그 자리에서
자신의 몸을 아끼지 않고 최선을 다하는 사람들을 볼 때마다
늘 마음이 숙연해집니다.

손으로 할 수 있는 건 참 많습니다.
주부나 요리사는 손으로 음식을 만들고
운동선수는 손으로 멋진 경기를 보여줍니다.
의사는 손으로 사람을 치료하고
엄마는 손으로 아기를 먹이고 재웁니다.

손은 때때로 마음을 전하기도 합니다.
손을 흔들면 안녕이라는 인사가 되고
주먹을 불끈 쥐면 파이팅을 외치는 응원이 되고
손으로 어깨를 툭 치면 힘내라는 격려가 됩니다.

손으로 할 수 있는
또 다른 일은 무엇일지 생각해 봅니다.

스페인의 폰테베드라 시는
차 없는 도시를 꿈꾸고 15년 동안 실험한 결과
꿈을 현실화했습니다.
도시 외곽에 공용 주차장을 만들어 무료로 주차하게 하고
도시 안으로 차가 들어올 수 없도록 했습니다.
처음에는 많은 이들이 불편을 호소했지만,
인구 6만 5천 명이 사는 이 도시에서는
걸어 다니는 게 일상이 되었습니다.

천천히 골목길을 걸으며 사색하고,
가까운 가게에서 생필품을 사고,
아이들이 골목에서 마음껏 뛰노는 풍경은
15년이라는 인내의 시간이 준 선물입니다.

스며드는 것이 있습니다.
별다른 노력을 하지 않았는데
스며들어 나의 마음을 키워 줍니다.

겨울을 지우는 따스한 봄 햇살,
라디오에서 들려오는 노래 한 곡,
복잡한 머릿속을 잠시 비워 주는 바람,
무엇보다
다 헤아리지 못하는 부모님의 사랑.

스며드는 것에는
소리없이 제 할 일을 다 하는 자연과
누군가의 수고로운 손길이 담겨 있습니다.

슬며시 스며들어 나를 키우는 것들에는
사랑이 담겨 있습니다.

마음이 애틋해질 때가 있습니다.

매끄럽고 고운 손이 아닌
가족을 먹이느라 돌보지 않은
마르고 거친 배우자의 손을 볼 때 그렇습니다.

보기만 해도 미소 짓게 하는 젊은이의 풋풋한 사랑이 아닌
몸의 윤기가 다 빠져 기력 없는 늙은 부부가
서로 손잡고 걸어가는 모습을 볼 때 그렇습니다.

예쁜 곳 하나 없는 부모를 닮았지만
사랑으로 낳은 아이
쓰다듬고 입 맞출 때 그렇습니다.

그냥

다정한 말이 있습니다.
뜬금없이 전화를 해서
"뭐해? 그냥 전화했어" 하는 말은
심심하고 양념 없는 말이지만
그리움이 묻어납니다.
속정 들게 하는 말입니다.

언어에는 오랫동안 같은 땅에서 함께 산 사람들의
삶과 생각이 담겨 있습니다.
우리말은 '나'라는 말보다 '우리'라는 말을 더 많이 사용합니다.

내 집이 아닌 우리 집.
내 엄마가 아닌 우리 엄마.
내 동네가 아닌 우리 동네.
내 것이라는 소유의 개념보다
우리라는 공동체성이 담긴 말을 주로 사용합니다.

아마도 오랜 옛날 우리 삶은
이웃과 더불어 사는 모습이었을 것입니다.
그런데 지금은 말과 삶의 양식이 다른 것 같습니다.
말은 우리라고 하지만 삶은 내 것만 주장하고 있으니까요.

우리를 말할 때마다 그 안에
나와 상대가 모두 상생하는 삶이 담겼다는 걸
기억하면 좋겠습니다.

사람들과 북적거렸던 모임이 끝나고 홀로 남아
잠시 숨을 고를 때가 있습니다.
소란함이 사라지고 남은 흔적은
식어 버린 커피의 뒷맛처럼 쓰고,
나누었던 말들은 허공으로 사라져 버려
쓸쓸함이 몰려옵니다.
서로의 온기로 뜨거워지기보다 외로움이 더 짙어집니다.

가질 수 없는 걸 가지려고,
채울 수 없는 걸 채우려고,
사람들 사이를 배회하는 건 아닌지…

여전히 나 자신이 사랑이 아니기에 그런지도 모릅니다.
나에게 덧칠해진 모든 것을 벗겨 내고
나 자신이 사랑이 된다면
상대가 떠나고 남은 흔적을 쓸쓸하게 더듬는 게 아니라
그가 남기고 간 외로움을 보듬을 수 있을 것입니다.

계절과 계절 사이에는 흔적이 남습니다.

여름의 흔적은

샌들 자국이 선명하게 새겨진 맨발에서 느낄 수 있습니다.

누군가와 함께 보낸 시간의 흔적은

휴대폰에 저장한 사진에서 볼 수 있습니다.

흔적은 시간과 사람이 남기고 간 향기입니다.

함께 밥을 먹는 것은
서로를 나누는 일입니다.
어떻게 밥을 먹는지는
어떻게 서로를 나눌지에 대해
말해 줍니다.

바쁘다고
짧은 시간에 조리한 음식을 정신없이 먹으며
꼭 해야 할 말만 하고
헤어지는 경우가 있습니다.
그것은 익어 가는 음식을 기다리며
천천히 밥을 먹는 것과
비교할 수 없는 큰 차이가 있습니다.

불 위에서 느리게 익어 가는 음식을 먹으며
서로의 안부를 묻고
이런저런 이야기를 나누다 보면
밥은 단순히 배고픔만 채우는 게 아니라
허기진 마음과 영혼을 채우는 양식이라는 걸 알게 됩니다.

함께 밥을 먹는다는 건
서로를 알아 가는 것입니다.
시간이 무르익어야 서로를 나눌 수 있습니다.

똑같은 말을 들어도
다른 느낌으로 다가올 때가 있습니다.

오늘도 일 열심히 하라고
아침마다 던지는 부모님의 말소리도,
잘 지내냐고
늘 똑같이 물어 보는 친구의 안부전화도,
밥 먹었느냐고
무심코 던지는 직장 동료의 흔한 인사도,
어떤 날은 다르게 들릴 때가 있습니다.

일상의 감각이 깨어 있다면
상대가 던지는 흔한 말을 내 삶에 던지는 질문으로
바꿀 수 있습니다.

열심히 일하는 게 뭔지,
나는 잘 지내고 있는지,
밥 먹는 게 얼마나 중요한지,
문득 생각합니다.

사소한 일상의 충실

"위대한 것은 인간의 일들이니
나무 항아리에 우유를 담는 일.
꼿꼿하고 살갗을 찌르는 밀 이삭들을 따는 일.
숲의 자작나무들을 베는 일.
빵을 만들고 포도주를 만드는 일.
정원에 양배추와 마늘의 씨앗을 뿌리는 일.
그리고 따뜻한 달걀들을 거두어들이는 일."

프랑시스 잠의 시 〈위대한 것은 인간의 일들이니〉의 일부입니다.

우리는 일상을 숨 쉬듯 반복하며 살아갑니다.
생명은 성실한 반복으로 유지됩니다.
사소한 일상의 충실은
생명을 살리는 위대한 일입니다.

우리는 대부분 하루하루를 바쁘게 살아갑니다.
누군가의 채찍질로 바쁘기도 하지만,
스스로 바쁘게 몰아가기도 합니다.
그러면서 말합니다.
다 밥 먹으려고 하는 일이야.

하지만 너무 바빠서
소중한 사람들과 밥 먹을 시간이 없는 것이
현실입니다.

밥을 먹으려고 일하는데
밥을 잘 먹지 못하는 세상에서 살아갑니다.
밥을 잘 먹는다는 건
보약 같은 사람들과 둘러앉아
함께 먹는 일일 텐데 말입니다.

좋은 향기를 맡게 되면
즐거워지거나 상쾌해집니다.
누군가는 이 기분을 지속하고 싶어서
몸에 향수를 뿌리거나
꽃을 사서 집 안에 두고
향과 분위기를 연출합니다.

하지만 아무리 많은 양의 향수를 뿌리더라도
어느 순간이 지나면 그 향은 사라집니다.
화병에 꽂아 둔 꽃도
며칠이 지나면 시들어 버리고
향기를 잃어버립니다.

그런데 냄새도 형태도 없지만
오래 남는 좋은 향기가 있습니다.
존재 그 자체에서 뿜어져 나오는
따뜻하고 진실하고 순수한 것들입니다.
이것은 후각만이 아니라
우리의 모든 감각을 열리게 하고 감동을 주는
신비한 향기입니다.

향기 나는 사람 곁에서
그 향을 마음껏 맡다가
향기 나는 사람이 되면 참 좋겠습니다.

길을 걷다가 길이 된 사람이 있습니다.
내 길을 걷다가 어느새 남의 길을 터 주게 된 사람입니다.

남보다 먼저 어떤 길을 가면,
낯선 것에 마음이 베이고
낯선 것에 마음이 흔들리고
낯선 것에 먼저 감동하게 됩니다.

도종환 시 〈길이 된 사람〉

어느새 낯선 것들이 내 안에 쌓여
울음을 만들고
기쁨을 만들고
사랑을 만들어
마침내 누군가의 길이 되어 줄 때,
홀로 외롭게 걸었다고 느꼈던 내 길이 참 좋았구나, 하고
고개를 끄덕이게 됩니다.

내 길을 성실하게 걷다가 누군가의 길이 되어 주는 풍경.
참 아름다운 길입니다.

판하가 척 클로스가 말했습니다.
"영감을 찾는 사람은 아마추어이고,
우리는 그냥 일어나서 일하러 간다."

영감은 성실한 일상에서 나옵니다.

짐은 가볍고 삶은 무겁게

20세기 수도사 토머스 머튼은
초연함이란 사랑을 품고 진실하게 살 수 있는
능력이라고 했습니다.

초연함은 인기나 성취에 연연해하지 않으며
오직 어떤 행동이 진실한가만을 따지는 것입니다.

초연함을 배우려면
즉각적인 보상을 바라지 않으면서 일하는 법을
순간적인 만족에 기대지 않고 사랑하는 법을
특별한 인정을 요구하지 않으며 사는 법을
익혀야 합니다.

추연하게 사는 것은
외부의 시선에서 벗어나
오직 내 안에서 뿜어 나오는
진실함으로 살아가는 것입니다.

유대 전통에서는 사면서 죽는 것을 가리켜
'하나님의 입맞춤'이라고 합니다.
참으로 달콤한 입맞춤입니다.

'사람'은 '삶'의 준말입니다.

삶이라는 단어를 쓰고 위에서 아래로 훑어보면
사람이라는 단어가 숨어 있다는 걸 알 수 있습니다.
사람이 곧 삶이요, 삶이 곧 사람이라고
글자가 의미를 던져 줍니다.

누구나 의미 있는 사람이 되기를 소망합니다.
내가 어떤 사람이라는 건
내 말이 아니라
내 삶이 답해 줄 것입니다.

인생을 정착이 아닌 여행이라고 생각한다면,
짐을 조금 가볍게 꾸리며 살아갈지도 모르겠습니다.

무겁지 않게
화려하지 않게
어디로든 이동이 편하도록
꼭 필요한 것만 소유할 것입니다.

가볍게 살아가다 보면
내가 정말 소중하게 여기는 게 무엇인지
더 잘 알 수 있습니다.
내가 평생 지니고 살아야 할 것과
함께 기대며 살아가야 할 사람에게
더 집중하며 살아갈 수 있습니다.

짐은 가볍게
삶은 무겁게.

살포시 다가가 안아 주고 싶은 뒷모습이 있습니다.

분명 각진 어깨였는데 어느새 무너져 내린 아버지의 어깨.
악을 쓰며 울어대는 아이를 엎고 종종거리는 어린 새댁의 등.
몸집보다 더 큰 가방을 메고 걸어가는 아이의 뒷모습.

나의 뒷모습은 어떨지…
내 뒷모습은 어쩌면 말할 수 없이 쓸쓸해 보일지,
그래서 와락 안아주고 싶을지,
문득 궁금해집니다.
그만큼 지금 외롭거나 힘이 드나 봅니다.

뒷모습은 그 사람의 현재 마음 상태입니다.

상처 덕분에

알고 보면
누구나 가슴에 상처를 무겁게 매달고 살아갑니다.

상처는 아프지만
나와 타인 그리고 세상을 다르게 바라보게 하는 건
아이러니하게도 그 상처 덕분입니다.

상처는 사람을 이해하고
세상의 생김새가 불완전하다는 것을
알게 해 줍니다.

불완전한 세상에서 태어나 상처 입은 사람들이 만나
온전함을 향해 손잡고 걸어가는 것,
이것이 인생 아닐까요.

노래나 이야기를 좋아하는 이유는
각자마다 다르겠지만,
그중의 하나는
나보다 먼저 내 마음을 알아주기 때문입니다.

기쁠 때나 슬플 때 느꼈던 감정을
먼저 느끼고 가슴앓이로 풀어 낸
노래와 이야기는 공감과 위로를 줍니다.

웃는 사람 곁에서 함께 웃어 주고
우는 사람 곁에서 함께 울어 주는 건
참 고마운 일입니다.

더 좋은 답

누군가 이러저러한 문제로 고민을 털어놓을 때
우리는 그의 말이 채 끝나기도 전에 서둘러
조언을 해 줄 때가 있습니다.
도와주려는 마음이 앞서기 때문입니다.

어떤 문제는 몇 마디 말로 도움을 줄 수 있지만
쉽게 풀리지 않는 문제가 더 많습니다.
이럴 땐 섣부르게 말을 꺼내기보다는
침묵으로 기다려야 합니다.
스스로 답을 찾을 수 있도록 기다려야 합니다.
자기 안에 답을 가진 경우가 있기 때문입니다.

침묵이 더 좋은 답일 때가 있습니다

길을 잃은 영혼

거리에서 잠든 사람들만 집을 잃어버린 게 아닙니다.
영혼에 상처를 입고 방황하는 사람들도
집을 잃어버린 이들입니다.

따스한 집에 있다고 마음이 모두 평안한 것은 아닙니다.
거리에서 춥게 잠든다고 마음이 모두 가난한 것도 아닙니다.

길을 잃은 영혼이 춥고 가난한 사람입니다.

여름의 추억

발등에 햇빛이 피었습니다.
소금에 아렸던 자리에
파도가 물었던 속살에
여름이 한가득 피었습니다.

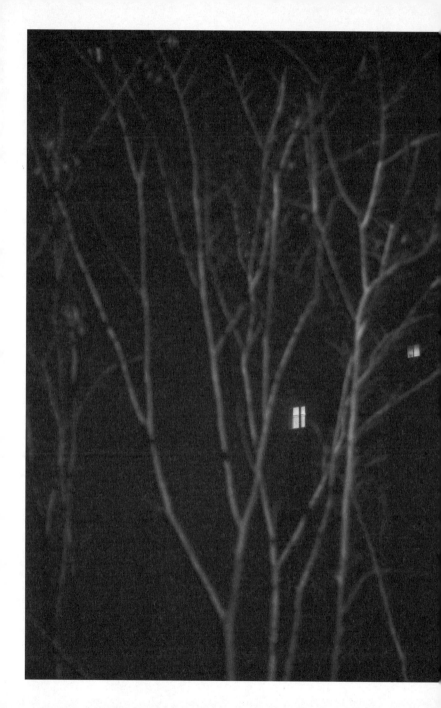

성숙의 시간

우리는 지금 이 순간의 의미를 다 파악하지 못하고
시간을 흘려보냅니다.
내 앞에 닥친 문제나 고통에만 몰입하기에 그럴지도 모릅니다.
하지만 시간이 흘러
힘들게 산 하루하루가 비록 눈물 고인 시간이었을지라도
슬픔으로 내면이 깊어지고
고통으로 인생을 알아가는 성숙의 시간이었다는 걸
조금 늦게라도 알게 된다면
참 좋겠습니다.

새벽에 떠나는 첫차와
새벽에 도착하는 막차 안의 풍경은
조금 닮은 듯 느껴집니다.

기침소리를 내는 것조차 조심스러운
조용한 버스 안에서
피곤한 듯, 잠에 취한 듯,
힘없이 앉아 있는 사람들을 바라보면
이런 생각이 듭니다.
산다는 건 무겁구나.
온몸을 끌고 가는 무거운 일이구나.

문득 버스 안에 있는 사람들이
피곤한 일상의 정류장을 지나
행복의 나라에 도착하면 좋겠다는 소망을
작게 읊조려 봅니다.

언제나 첫차는 출발하고 막차는 도착합니다.
우리의 인생도 늘 어딘가로 흘러갑니다.
태어난 것이 출발이라면
우리는 어느 정류장에서 내려야 할까요,
혹은 내리게 될까요.

나이가 들면 언어도 기억도 점점 잃어 갑니다.
누군가는 노인성 치매를 앓습니다.
치매 환자들은 자식 얼굴도 알아보지 못할 정도로
기억을 상실해 갑니다.
그러나 자신이 소중하게 생각하는 것이나
가장 기쁘고 위로가 되었던 순간은
잊지 않고 기억한다고 합니다.

살면서 욕심내야 할 것과 버려야 할 것이 있습니다.

기억을 잃어 가는 누군가에게 지워지지 않는 사람이 되는 것,

기억을 잃어 가는 순간에도 지워지지 않는 오늘을 사는 것,

오늘 내가 욕심내야 할 것들입니다.

인생 숙제

매일 반복해야 하는 일상이 있습니다
나와 누군가를 위해 밥을 짓는 일,
학생들에게 똑같은 내용을 가르쳐야 하는 일,
날씨와 상관없이 매일 건물 앞에서 차들을 맞이하는 주차 안내도
지루하게 반복하는 일상입니다.

어떤 일을 매일 반복적으로 해야 한다면,
변화를 싫어하거나 아무리 성실한 사람이라도
버티기가 쉽지 않습니다.
매일 새 마음으로 똑같은 일을 하는 건
참 어려운 일입니다.

우리가 평생 풀어야 할 인생 숙제 가운데 하나는
반복되는 하루를 어떻게 살까 고민하는 것입니다.

어떻게

누구나
반복적으로 고민하는 문제가 있습니다.
어떻게 살아가야 할지
어떻게 사랑해야 할지
어떤 이야기를 남기고 이 세상과 작별할지.

누군가 이런 문제를 먼저 고민하고
책이나 노래, 그림으로 성찰하게 합니다.
하지만 책으로 읽고, 노래로 듣고, 그림으로 본다고
그렇게 살고, 사랑하고, 죽을 수 있는 건 아닙니다.

머리로 깨달은 것이 가슴 속 열정에 불을 붙여
손과 발을 움직이는 그때
오롯이 내 삶이 됩니다.

온몸으로 사는 삶.
이것이 '어떻게'의 출발점이 아닐까요.

삶의 중심을 자신의 감정에 둔다면
감정은 매 순간 우리를 흔들며
삶의 균형을 깨뜨릴 것입니다.
감정이 좋으면 행복하다고,
감정이 상하면 불행하다고 느낍니다.

삶의 중심을 어디에 두고
오늘을 살아가야 할까요.

시간의 무게가 담긴 선물

밑줄 긋고 싶을 때가 있습니다.
내 마음을 그대로 표현해 주고
내 생각의 지평을 넓혀 주는
기억하고 싶은 문장을 만났을 때입니다.

오래 생각하고
오래 고민한 흔적에는
시간의 무게가 담겨 있습니다.
밑줄 긋고 싶은 것들은 쉽게 만들어지지 않습니다.

누군가의 삶에도
밑줄 긋고 싶을 때가 있습니다.
비록 스며 있는 고통이 느껴져 가슴이 저려 오기도 하지만
그다음 길을 걸어갈 수 있는 지도를
선물해 주기 때문입니다.

작가이며 신부였던 헨리 나우웬은
진실로 훌륭한 사람은 자신을 따르는 이들에게
자신의 삶을 닮으라고 강요하지 않는다고 말합니다.

그것은 그들의 길이 각각 너무나 독특해서
되풀이할 수가 없기 때문입니다.

훌륭한 사람들은 자신을 따르던 이들이
또 다른 무언가를 추구할 수 있도록
마음과 생각을 열어 줍니다.
자신을 모방의 대상으로 강요하지 않고
각자 자기 인생을 살아가도록 돕는 역할을 합니다.

성인聖人은 자신만이 삶으로 진실하게 산
모든 이에게 붙여 주는 이름인 것 같습니다.

베이스캠프는 등산이나 탐험을 할 때
원정대가 충분히 휴식하며 등반을 준비하는 곳입니다.
가다가 너무 힘들면 돌아와 머무는 곳이기도 합니다.

그런데 산이나 험난한 지형에서만
베이스캠프가 필요한 것은 아닙니다.
인생이라는 거대하고 험준한 길을 가는
우리의 일상에도 필요합니다.

충분한 휴식을 위해서 뿐 아니라
다시 길을 걸어갈 수 있도록
사랑과 격려를 충분히 받을 수 있는 영혼의 안식처 같은…

우리 삶에 이런 베이스캠프는 어디일까요.

일상이 기도

고드름이 열린 추운 겨울
창가로 스며든 아침 햇살이 반가워
한쪽 뺨을 햇볕에 대 보는 것도 기도입니다.

정신없이 나선 출근길 붉은 신호등 앞에서
전깃줄에 열 맞춰 앉은 새들 모습에
미소 지어 보는 것도 기도입니다.

라디오에서 흘러나오는 노래를 흥얼거리며
나를 위해 따뜻한 차 한 잔 마련해
천천히 맛을 음미하는 것도 기도입니다.

먼 여행을 한 바람이 내 곁을 지나간 뒤 남긴 흔적에
가만히 귀 기울여 보는 것도 기도입니다.

일상을 살아가는 우리가 기도입니다.

＊ 더글러스 우드의 《지구를 위한 할아버지의 기도》에서 영감 받음.

"서툰 나의 하루를 위한 아침 열기… 오늘을 부탁해."